1.ª edición: mayo de 2019

© Del texto y de las ilustraciones: Álvaro Núñez, Alberto Díaz y Miguel Can, 2019
© De esta edición: Grupo Anaya, S.A., 2019
Juan Ignacio Luca de Tena, 15. 28027 Madrid
www.anayainfantilyjuvenil.com
e-mail: anayainfantilyjuvenil@anaya.es

ISBN: 978-84-698-4878-4
Depósito legal: M-10277-2019
Impreso en España - Printed in Spain

Carla y Lechuga

Mundo piojo

ANAYA

1

Papá no quería oír hablar de tener mascotas en casa.

Recuerdo perfectamente que a mi hermano Marcos y a mí nos costó un montón convencerlo para que adoptásemos a Can.

—Si no sois capaces de ser responsables de vosotros mismos —decía—, ¿cómo lo vais a ser de un cachorro?

Pero cuando a los Ventura se nos mete algo en la cabeza...

Can, que es como se llama nuestro perro, vive desde hace dos años con nosotros. Así que podríamos decir que tengo bastante experiencia con mascotas.

En clase, muchos compañeros tienen mascota.
Elena, María, Edu, Roci y Fernando tienen
perros. Son altos, bajos, gordos, flacos... pero,
por supuesto, todos menos atractivos que Can.

Manolito tiene una iguana, que es un bicho un poco feo. ¡Se come las moscas a la misma velocidad que yo zampo las galletas *chococrujientes*!

Rosa tiene una cacatúa que habla más que los vendedores del mercadillo. Un día se quedó afónica y había tanto silencio en casa que cuando llegó su padre ¡creyó que había estirado la pata!

Nachete tiene una tortuga. Es muy mona, aunque hace la misma compañía que la cacatúa de Rosa cuando se quedó afónica.

Aitana tuvo un par de hámsteres que, en unos meses, se convirtieron... ¡en diecisiete hámsteres!

Un día, Amador recogió del parque treinta y siete bichos bola, aunque no le dejaron quedárselos en casa. Su papá le dijo que «se le hacía bola» tener tanto bicho en casa.

Paula tuvo de mascota una mariquita, pero solo le duró cinco minutos.

Y yo tengo…
Además de Can, claro.
Yo tengo…
¡YO AHORA TENGO PIOJOS!

2

Estoy en el baño.

Lechuga está sentada en el retrete y observa
sin decir nada cómo me miro en el espejo.

Me acabo de lavar los dientes.

En dos minutos, mi hermano Marcos aporreará
la puerta para meterme prisa para ir al cole.

Hasta que eso ocurra, tengo tiempo para imaginar
mis nuevas mascotas...

A ver.

Si me concentro bien, puedo notar sus pisadas
en mi pelo.

¿Cuántos son?

Uno...

Dos...

Tres...

Cuatro...

¡Y cinco!

—¡Lechuga, son cinco! ¿Qué te parece?
Creo que son una familia.

Mi amiga no contesta.

Está claro que no comparte mi entusiasmo.

No se lo tengo en cuenta: Lechuga se levanta
de un humor de perros todas las mañanas. ¡Y eso
que es una lechuza! Si fuese Can, todavía...

Da igual.

Continúo.

No he sentido a mis nuevos amigos hasta esta mañana, así que seguro que acaban de llegar de viaje.

—Deben de estar muy cansados. Eso de ir de cabeza en cabeza tiene que ser un poco estresante, ¿verdad? —digo en voz alta mirando a mi amiga a través del espejo.

Nada.

Lechuga no mueve ni una ceja.

Aun así, sigo hablando:

—Me los imagino tan cuquis... con sus patitas y sus cuerpecitos... sonriendo al descubrir cada nuevo mechón de mi pelo ¡como si fuesen unos exploradores en la jungla! Seguro que son muy divertidos.

TOC, TOC, TOC.

Han pasado dos minutos.

—¿No piensas salir del baño, hermanita?
—Marcos grita desde el otro lado de la puerta,
interrumpiendo mi conversación con Lechuga—.
Siempre llegamos tarde por tu culpa. ¡Papá nos está
esperando!

Can ladra imitando a mi hermano.

Hay que irse. Bajo de la banqueta de un salto.

—No pongas esa cara —susurro al oído de mi
amiga antes de abrir la puerta del baño—, no estoy
chiflada. Tú no lo entiendes porque no los sientes,
pero son mis mascotas y quiero que estén a gusto.
Ya verás cómo te terminan gustando.

3

En el cole están muy pesados y, sinceramente, no me parece para tanto.

Que si los piojos son peligrosos...

Que si los piojos son dañinos...

Que si los piojos son parásitos y chupan la sangre como los vampiros...

¡Es de locos!

Que los note de vez en cuando caminando por mi pelo no significa que me estén picando. ¡Y mucho menos que me piquen aposta!

En realidad, me tengo que concentrar mucho para darme cuenta de que están en mi cabeza. En serio.

A ver.

Mmmmmmm...

Ahora me estoy concentrando.

¡Parezco un zumo de naranja de lo concentrada que estoy!

Y ¿qué?

¿Noto algo?

¿Me están picando?

Negativo.

No noto nada.

¡Ni siquiera me parece que estén!

—Carla, ¿qué haces ahí? —me dice mi profesora Blanca cuando me encuentra en el pasillo—. ¿Es que no vas a entrar en clase? ¡Venga, que empezamos!

Mis compañeros ya están sentados. Otra vez soy la última en llegar a clase, para variar...

Cruzo la puerta y salgo disparada para sentarme en mi sitio. Pero no puedo. La mano de mi profe me retiene.

—Carla, quédate un momento aquí conmigo.

Ay, madre. Ya lo veo: me va a echar la bronca delante de todos por llegar tarde.

—Vuestra compañera estaba mirando el cartel que hay en el pasillo —dice en voz alta—. ¿Sabéis de qué cartel estoy hablando?

Manolito levanta la mano el primero.

—¡De la campaña antipiojos! —dice Manolito cuando la profe le da la palabra.

Suspiro aliviada. No me va a caer ninguna bronca.

—Muy bien, Manolito. ¿Y quién sabe decirme de qué trata esa campaña?—pregunta la profe.

Vuelve a levantar la mano el mismo. Caray con Manolito.

La profe le da de nuevo la palabra:

—¡Tenemos que avisar a nuestros padres en cuanto sintamos el más mínimo picor! —responde Manolito orgulloso.

—Exactamente, Manolito. Veo que estás concienciado de verdad. ¿Y alguien más podría decirme qué hay que hacer en cuanto se identifican los picores y se comunica a un adulto?

Nadie levanta la mano.

Excepto Manolito.

Manolito tiene levantada la mano hacia el cielo como si su vida dependiese de ello.

—Adelante, Manolito... —dice la profe con cara de circunstancias.

—Hay que lavarse el pelo varios días con champú antipiojos para acabar con todos y no dejar ni uno de esos bichos asquerosos.

—Ejem, eso es, Manolito. Carla, creo que tu compañero te ha resuelto todas las dudas que pudieras tener, ¿verdad? Seguro que así el próximo día no tendrás excusa para llegar la última. Puedes ir a tu sitio.

Manolito no me caía mal... hasta ahora.

No hay que ser detective profesional para darse cuenta de que había tenido piojos ¡y había acabado con ellos!

Si hasta los ha llamado «asquerosos».

¿Por qué no se mete con su horrible iguana en vez de con unos bichitos indefensos?

Ni que los piojos fuesen más feos que su iguana, ¡no te fastidia!

Indignada con Manolito, me siento en mi pupitre. De repente, ¡ay!, noto un pequeño picor en la cabeza.

«Creo que mis amiguitos se están levantando de la siesta», pienso mirando hacia arriba.

No quiero hacerles daño, pero pica y pica... hasta que no me queda más remedio que rascarme.

Tiro un lápiz al suelo y me agacho. Aprovecho que nadie me ve y me rasco con mucho cuidado de no hacerles daño.

En el otro extremo de la clase, veo que Isidro está haciendo lo mismo que yo. Aunque él se rasca más bruscamente.

¡Isidro también tiene piojos!

4

—En el colegio se les ha ido la pinza con la campaña antipiojos —le cuento a Lechuga al entrar en mi habitación y soltar la mochila sobre la cama—. ¿Te puedes creer que a la salida de clase nos han dado a todos una circular para que la entreguemos en casa?

Lechuga no dice nada. Sabe que no es el momento.

—¡Quieren que compremos un champú de prevención para terminar con mis nuevas mascotas! —digo indignada con el papel en la mano—. Y digo yo: ¿no hay cosas más importantes que enseñarnos en el colegio? ¿Qué les importa a ellos si quiero o no quiero tener mascotas?

Lechuga no está de acuerdo conmigo, pero se queda callada. No quiere echar más leña al fuego.

Siempre deja que me desahogue hasta que me tranquilizo.

Por eso es mi mejor amiga. Nadie sabe escuchar como Lechuga.

—No hay mascotas perfectas. Cuando Can vino a casa por primera vez, intentaba mordernos con sus dientecitos de cachorro, ¿te acuerdas?

—Can era un cachorro y no controlaba su fuerza. Cuando pasó el tiempo y nos hicimos amigos, ya solo nos daba lengüetazos. ¿A que sí?

Cojo la circular con las dos manos y miro a Lechuga a los ojos.

—Si mis piojos no quieren hacerme daño, ¿por qué se lo tengo que hacer yo a ellos?

Antes de que Lechuga me conteste, rompo en pedazos la circular.

De pronto, huele a *pizza*.

Con todo esto de los piojos, no sé ni en qué día vivo. ¡Hoy es viernes!

Todos los viernes por la noche cenamos *pizza*, siempre que no haya castigo de por medio.

—Y no lo habrá mientras no se enteren de que estáis ahí arriba —digo a mis nuevos amigos mientras voy con Lechuga a la cocina.

Papá hace unas *pizzas* mejores que las de muchos restaurantes. ¡Y nunca sobra ni una porción! Hasta Can está pendiente de si le toca algo.

—Hermanita, espero que tu amiga Lechuga no tenga hambre... —dice mi hermano con la boca llena— ¡porque no voy a dejarle ni una miga!

Can da dos ladridos para mostrar su disgusto.

—No incordies, Marcos —dice papá—. Y tú, Can, vete al salón. Si sobra *pizza*, te avisamos.

El pobre Can obedece y se marcha de la cocina con las orejas gachas.

—Ya sabes que a Lechuga no le gusta la *pizza* —digo cogiendo mi primer trozo. La pruebo enseguida—. ¡Papá, está buenísima!

—Comed con calma, chicos —dice papá para que no nos atragantemos—. ¿Qué tal ha ido el día en el cole? ¿Hay alguna novedad de la que tenga que enterarme?

Lechuga, apoyada en mi regazo, no abre el pico.

Marcos tampoco: tiene la boca ocupada con su tercer trozo de *pizza*.

De repente, siento un intenso picor en la cabeza.

«Ay, madre. Ahora no —pienso—. ¿Queréis estaros quietos ahí arriba?».

Me entran unas ganas tremendas de rascarme.

Disimula, Carla, disimula.

Di algo.

Cualquier cosa.

—Ha hecho un sol precioso en el patio. ¿Verdad que sí, Marcos?

—¿Sol? —pregunta papá extrañado—. Pero si ha llovido casi todo el día, hija.

Marcos pone cara de circunstancias y hace el gesto de «se te está aflojando un tornillo».

A veces es así de simpático.

De repente, se acuerda de algo, levanta la mano y dice:

GRLOPFCHJKP UNGE POLRFUNMUN PROKULPFBUM...

—Marcos: ¿cuántas veces te he dicho que es de muy mala educación hablar con la boca llena?

Mi hermano saca un papel del bolsillo trasero de su pantalón y se lo entrega a papá.

—¿Qué es esto?—dice papá.

Puedo adivinarlo.

—¡Piojos! —Papá termina de leer la circular y luego pregunta preocupado—: ¿habéis notado algún picor en la cabeza?

El bocazas de mi hermano dice que no con la cabeza. Ya se ha metido otro trozo de *pizza* en la boca.

Papá me mira.

—¿Y tú, hija? Seguro que no te pica la cabeza, ¿verdad?

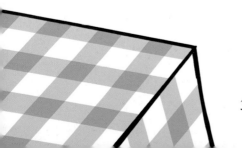

—Para nada… —respondo agarrándome
a Lechuga para tener las manos ocupadas
y no rascarme como una loca.

—Está bien —dice papá guardándose la
circular en el bolsillo—. De todas maneras, mañana
compraremos el champú que recomiendan en el cole
para asegurarnos de que en esta casa no entra ningún
piojo.

5

No he pegado ojo en toda la noche.

Por lo visto, los piojos han celebrado una fiesta ¡y han convertido mi cabeza en una pista de baile!

Me pica todo. Madre mía, ¡estoy segura de que han traído invitados sin mi permiso!

Es muy temprano y Lechuga sigue dormida. Me levanto al baño a hacer pis sin hacer ruido.

Como mis nuevas mascotas también estarán descansando, no me rasco no vaya ser que tenga la mala suerte de despertarlos.

Hay luz en el baño.

Papá ya se ha levantado y está afeitándose.

—¿A dónde vas tan pronto, Carla? —pregunta mirándome a través del espejo.

Está muy gracioso con la espuma de afeitar en la cara.

—Voy a hacer pis —contesto medio dormida. No puedo admitir que me pica la cabeza.

—Es sábado, así que aprovecha y vuelve a la cama. Yo voy a salir a hacer la compra ahora que todavía hay poca gente en el súper.

Cuando estoy dormida, mi cerebro va más lento.
Aun así, solo tardo en reaccionar medio minuto.

El súper.

La compra.

¡Y el champú!

Salto del retrete, tiro de la cadena y salgo
corriendo del baño.

No me da tiempo de ver la cara de asombro
que pone papá.

Entro en la habitación y despierto a Lechuga.

¡LECHUGA,
TENGO UN PLAN!
¡VAMOS CON PAPÁ
AL SÚPER!

6

Durante el viaje en el coche, Lechuga me mira pidiendo una explicación.

No le gusta nada madrugar.

Y menos los sábados.

—Luego te lo cuento —le digo al oído—. Confía en mí.

No mueve ni una ceja, pero sé que no está muy contenta.

Desde que tengo nuevas mascotas, Lechuga está muy susceptible.

Como hay muy poco tráfico, llegamos al supermercado en un plis plas.

Papá saca la lista de la compra de su bolsillo y la lee en voz alta.

—Filetes. Pescado. Tomates. Lechuga. Judías. Lentejas. Garbanzos. Naranjas. Plátanos. Leche. Yogures. Pasta de dientes. Champú antipiojos.

Lechuga me mira intensamente.

Se acaba de dar cuenta de mi plan secreto.

Mientras papá coge un carrito de la entrada, yo agarro una cesta con ruedas. Meto a Lechuza dentro y le guiño un ojo.

Vamos allá.

En la carnicería hay mucha cola, así que toca esperar.

Genial.

Todo está saliendo tal cual lo he planeado.

—Papá: espera aquí mientras Lechuga y yo vamos a por el resto, ¿vale?

Papá se lo piensa. Tenemos el número 47 y el turno va por el 23.

—¿Sabes dónde están las cosas?—pregunta calculando el tiempo que podríamos ahorrar.

—Claro, papá. ¿Para qué te crees que hemos venido? Empezaremos por el final de la lista y te traeremos todo lo que quepa en la cesta. ¿Verdad, Lechuga?

¡Me encanta que los planes salgan bien!
Todo ha ido sobre ruedas.

Estamos esperando en la cola de la caja
para pagar. Papá está muy orgulloso de mí.

¡Nos va a llevar a desayunar tortitas!

O mejor dicho: me va a llevar a desayunar
tortitas. Lechuga y yo estamos enfadadas.

No está de acuerdo con lo que he hecho
y ha decidido no dirigirme la palabra hasta que
no cambie de actitud.

Con lo orgullosa que es, no querrá probar
ni un bocado de las tortitas.

Ella se lo pierde. Mientras tanto, ayudo a papá a sacar las cosas del carro para que nos las cobren.

Mis nuevas mascotas están a salvo: eso es lo más importante ahora mismo.

Sé que lo de esta noche no se va a volver a repetir. Que se darán cuenta de quién es su verdadera amiga y lo sabrán valorar.

No como otra que yo me sé...

De repente, papá me saca de mis pensamientos:

—Carla, hazme un favor y corre a por el champú antipiojos. Te has equivocado y has cogido un «anticaspa», ¿lo ves?

¡Maldita sea! ¡Casi lo había conseguido!

¿Desde cuándo papá pone tanto interés en los tipos de champú?

No me queda más remedio que obedecer y buscar el antipiojos.

De vuelta a casa, no paramos a desayunar tortitas. Se me ha quitado el hambre del disgusto y le he dicho a papá que no me apetecían.

7

Carla Ventura no se rinde.

A cabezota no me gana nadie. Esta es una cuestión de vida o muerte.

En serio.

No quiero pensar lo que les puede ocurrir a mis piojos si me lavo la cabeza con el champú que hemos comprado.

Llegamos a casa y Can nos da la bienvenida con dos ladridos de alegría.

¡Guau, guau!

A nuestro perro le encantan los fines de semana. Así puede jugar con Marcos y conmigo todo el día.

Aunque eso no es del todo cierto: el perezoso
de mi hermano todavía sigue en la cama.

En la cocina, papá comienza a sacar la compra
de las bolsas y coloca cada cosa en su sitio.

Perfecto.

Es el momento.

Con mi mejor sonrisa, me ofrezco para llevar
el champú y la pasta de dientes al cuarto de baño.

Can viene conmigo.

A Lechuga la he dejado en mi habitación.
Después de la discusión del supermercado,
no me apetece ver más malas caras.

En el baño, le pregunto a Can en voz baja:

—¿Sabes dónde se guarda tu champú?

Can responde con dos ladridos y señala
el armario con el hocico.

Abro la puerta.

Can ladra tres veces.

—Chico listo —digo cogiendo su champú
de la tercera balda del armario.

CIERRO BIEN EL TAPÓN Y LO COLOCO EN LA BAÑERA...

YA SOLO TENGO QUE DEVOLVER A SU SITIO EL BOTE VACÍO DEL CHAMPÚ DE CAN.

CUANDO TERMINO Y CIERRO EL ARMARIO, CAN LADRA DE ALEGRÍA.

GUAU GUAU GUAU

Un segundo después, mi hermano Marcos entra en el baño.

—¿Se puede saber qué mosca os ha picado a todos esta mañana? ¿Queréis dejar de hacer tanto ruido? ¡Hay personas a las que nos gusta dormir los sábados por la mañana!

Can y yo salimos del baño a toda prisa.

Por los pelos.

Antes de comer, Marcos y yo nos bañamos.

Después de la «Operación Cambiazo», estoy tranquila: sé que mis nuevos amigos no tienen nada que temer.

«Como mucho, el baño los despertará», pienso mientras me enjabono la cabeza con cuidado de no molestarlos.

Nada que ver con la manera que tiene mi hermano de lavarse el pelo.

—No me mires así y frota más fuerte —dice—. ¿O es que quieres convertirte en una piojosa?

8

Dos de la tarde: comemos arroz a la cubana.
Marcos me fastidia la comida: no para de meterse con
los que cogen piojos en el cole. Por si acaso, solo abro
la boca para llevarme el arroz con huevo a la boca.

Cuatro de la tarde: vemos una peli del Oeste
en el salón. Me aburro tanto que me quedo frita.
Me despiertan las patas de mis nuevos amigos
correteando por mi pelo. Menos mal: ¡pensé que
ya no estaban!

Seis de la tarde: los piojos se están viniendo arriba. Me parece bien que se diviertan, pero creo que la yincana que han organizado en mi cabeza se les está yendo de las manos. O mejor dicho: de las patas. Me pica demasiado la cabeza. No me queda más remedio que ir continuamente al baño a rascarme para que nadie me vea.

Ocho de la noche: lo estoy pasando fatal. ¿Mis piojos no se podrían ir de fin de semana a otra cabeza? Como voy tanto al baño, papá piensa que estoy mal de la tripa. Lo que faltaba. En vez de cenar el sándwich vegetal que se está comiendo Marcos, papá me da una loncha de jamón york y un yogur natural.

Nueve de la noche: no aguanto más. ¡Hay muchos más piojos que al principio! ¿Es que se creen que no me doy cuenta? Es insoportable. Me voy a la cama a rascarme a gusto.

9

Son las dos de la mañana y me estoy mirando en el espejo del baño.

Tengo una cara espantosa. Madre mía, ¡qué ojeras!

¿Y esas arrugas que tengo alrededor de los ojos? ¡Si parece que tengo diez años!

Papá, Marcos y Can están durmiendo a pierna suelta.

Qué suerte. Yo no he pegado ojo desde que me fui a dormir.

Echo un vistazo a mi cabeza.

Nadie diría que en este instante se está celebrando una juerga con cientos de piojos pasándoselo en grande.

—Ejem.

Me aclaro la voz y espero un par de segundos.

A ver si se están quietos de una vez y me prestan atención.

Tomo la palabra:

—Queridos amigos: hasta ahora me he portado muy bien con vosotros, pero todo tiene un límite...

Lo sé. Estoy hablando bajito mirándome
al espejo.

Tengo que darme prisa.

Si papá o Marcos vienen a hacer pis y me pillan
así... ¡se van a creer que he perdido la cabeza!

—Esto tiene que acabar —continúo—. Vuestra
libertad termina donde empiezan mis picores. Lo
entendéis, ¿no? Me he portado muy bien y lo sabéis.
¡Os he salvado la vida! Pero tenéis que entender que
no aguanto más. Me sabe mal, pero tenéis
que marcharos...

No sé por qué, pero me da la impresión de que no me están haciendo ni caso.

El que está detrás de mi oreja sigue sin estarse quieto.

Tampoco los que están en la coronilla.

La nuca me arde casi tanto como el flequillo.

¡No tengo más dedos para rascarme!

Quizás la culpa es mía: está claro que no los he educado bien.

Pero esto no puede seguir así.

De repente, veo la brocha de afeitar de papá.

¡Ya está! ¡Lo tengo!

Se me ha ocurrido una idea genial.

Es imposible que no funcione.

10

Los lengüetazos de Can me despiertan.

Oigo ruido en la cocina.

—Can, para... ¡Me estás llenando de babas!

¿Qué hora es? Parece que todo el mundo está en pie.

Can ladra once veces seguidas.

—Vale, vale, ya me he enterado. Ahora me levanto.

Puff, estoy muerta de sueño.

Jo, ¡qué noche! ¿Cómo estarán mis mascotas?

Voy a concentrarme. Mmmmmm...

Lo que me temía. Solo necesito un segundo para confirmar que los piojos siguen en mi cabeza.

Por increíble que parezca, la «Operación señor Brocha» no ha dado resultado.

Lechuga está despierta. De reojo, veo cómo tiene la mirada fija en la brocha de afeitar de papá que puse anoche sobre la mesilla.

Si no la conociese, juraría que está sonriendo.

Es el momento de hacer las paces.

Un día sin hablar con Lechuga es suficiente castigo para las dos. Y más después de lo de esta noche.

Me decido a romper el hielo:

—¿Me ha quedado bien, verdad? —le digo señalando la brocha—. ¡No entiendo qué ha podido fallar! He dormido toda la noche con la cabeza orientada a ella ¡y nada! Si fueses un piojo, creerías que es de verdad. ¡Tendrían que haberse mudado a la brocha! Se supone que los piojos se dedican a saltar de cabeza en cabeza, ¿no?

Los ojos de mi mejor amiga brillan: ya no está enfadada.

Se da cuenta de lo que estoy haciendo. Ella me conoce mejor que nadie.

No tengo que explicarle que no quiero hacer daño a mis piojos.

¡Solo quiero que se vayan!

—No puedo pasar otro día como el de ayer...

Tengo toda la mañana del domingo para lograr que mis piojos se vayan por su propio pie, antes del cumpleaños de mi amiga Aitana.

Primero lo intento con la «Operación Secador persuasivo».

Me lavo la cabeza con el champú de Can. Después pongo el secador a toda castaña.

Pero nada.

Casi me aso del calor y no logro echar a un solo piojo.

Pero no voy a rendirme.

Piensa, Carla, piensa.

Echo un vistazo al baño en busca de cualquier cosa que pueda ayudarme.

Un momento: sobre la banqueta hay un gorro de piscina.

¡Ya lo tengo!

Me lo llevo a mi habitación, me lo pongo y comienzo a hacer flexiones.

—Voy a sudar tanto que provocaré un efecto invernadero en el gorro y los piojos no van a tener más remedio que marcharse. ¿A que es un plan infalible?

Lechuga no quiere desanimarme y no dice nada.

Cuando llega la hora de comer, tengo agujetas y estoy sudando como un pollo... pero todavía me pica la cabeza. Los piojos no se han ido.

La «Operación Ataque de sudor» tampoco ha funcionado.

11

La cabeza no ha dejado de picarme. Por suerte, Lechuga viene conmigo al cumpleaños de Aitana.

Seguro que entre las dos pensamos el plan definitivo para lograr que los piojos se marchen.

Papá nos lleva en el coche. Mi amiga va a celebrar el cumpleaños en el Parque de Atracciones.

No sé por qué, pero mi hermano Marcos también viene con nosotras.

—¿Tú también eres amigo de Aitana? —pregunto sorprendida.

No me creo que mi hermano quiera pasar un cumpleaños con mis compañeros de clase.

—Tú lo flipas, hermanita. No voy yo a un cumple de tu clase en plena epidemia de piojos ni loco... ¿Qué quieres? ¿Que me los peguen y me vuelva un piojoso? ¡Ni hablar! Papá y yo vamos a relajarnos a la piscina cubierta.

—Eso es —dice mi padre mirándonos a Lechuga y a mí por el retrovisor—. Cuando terminéis, iremos a recogeros.

¿La piscina? Lechuga me está atravesando con la mirada. En sus ojos puedo leer perfectamente lo que le está pasando por la cabeza.

Es exactamente lo mismo que estoy pensando yo: ¡he usado el gorro de piscina de Marcos para librarme de los piojos!

Aitana ha invitado a su cumpleaños a muchos compañeros de clase.

En el Parque de Atracciones están Manolito, Paula, Elena, Nachete, María, Roci... ¡y también está Isidro!

Madre mía, ¡lleva el pelo rapado al cero!

Qué susto se ha llevado Lechuga. Y eso que todavía no hemos entrado al Túnel del Miedo...

Cuando Manolito le pregunta a Isidro por qué se ha rapado, este le contesta que es la última moda.

—Es lo que se lleva ahora.

Nadie se lo cree.

Todos sabemos por qué ha tenido que pelarse la cabeza.

—No me mires así, Carla —dice Isidro cuando entramos al Túnel del Miedo—. A ti también te quedaría genial, ¿no te parece?

Lechuga se queda helada. La noto más rígida que nunca entre mis brazos.

Pero eso no termina aquí.

—Espero que te estés echando el champú —continúa diciéndome en voz baja—, porque como se los pegues a los demás, ya no van a poder echarme la culpa a mí...

Trago saliva. ¡Conoce mi secreto!

Me da mucha rabia, pero Isidro tiene razón.

Además, ¡ahora me está picando otra vez la cabeza!

Cuando estamos en el Túnel, aprovecho para rascarme con la mano que tengo libre.

La otra la tengo ocupada tapándole los ojos a Lechuga. ¡Es muy miedosa!

Se me ocurre que si Lechuga lo pasa tan mal, a los piojos les puede ocurrir lo mismo ¡y escaparán de mi cabeza del susto!

Así que después de terminar el recorrido, decido montarme de nuevo aprovechando que a Aitana y a Isidro les parece una idea estupenda.

Lechuga no protesta. ¡Somos otra vez un equipo!

Pero nada, los piojos no se van.

La estrategia psicológica no da resultados contra los piojos.

Parece que nada los asusta.

Pues si no es a base de sustos, quizás lo consiga mareándolos...

Carla Ventura no se rinde.

En las atracciones del Pulpo y del Gusano Loco hago lo mismo. Me monto una y otra vez hasta que la mamá de Aitana decide que ya es suficiente.

No sé los piojos, pero yo estoy muy mareada. ¡Parece que el suelo se mueve como si estuviese en un barco!

¿Cómo es posible que sigan ahí después de tantas vueltas?

Cuando la mamá de Aitana me llama para hacer una foto de recuerdo, no puedo evitarlo y vomito la hamburguesa que hemos merendado.

Madre mía, ¡he puesto perdida a Lechuga!

—Lo siento, lo siento, lo siento...

Y lo peor de todo es que ¡me sigue picando muchísimo la cabeza!

No he conseguido nada de nada.

¡Es horrible!

Tengo unas ganas tremendas de ponerme a llorar.

La mamá de Aitana nos está haciendo la foto.

Un segundo antes de disparar, grita:

—¡No juntéis las cabezas! No vaya ser que alguno tenga piojos y la liemos...

12

Por la noche, papá viene a arroparme.

Can está hecho un ovillo a sus pies y se confunde con la alfombra.

La pobre Lechuga, al otro lado de la cama, todavía huele a hamburguesa.

—Carla, ¿ya estás mejor? Últimamente nos tienes preocupados.

Can ladra para dar la razón a papá. Él también está inquieto.

—La mamá de Aitana me ha dicho que no has parado ni un momento de montarte en todas las atracciones —continúa papá—. ¡Y varias veces, además! Tú, ¡que prefieres subir las escaleras porque te mareas en el ascensor!

Can gruñe bajito, apoyándole.

—¿Estás bien, Carla? ¿Hay algo que quieras decirme?

¿Que si estoy bien? No.

No estoy bien.

¡Pero que nada bien!

Y, para colmo, me está picando la cabeza otra vez. ¡Es insoportable!

Pero no puedo decir nada. Papá no lo entendería.

Lechuga me mira y no abre el pico. A pesar de todo, está de mi lado...

—Intenta descansar, torpedo —dice papá,
y me da un beso en la mejilla.

Apaga la luz de la habitación al salir.

Algo me dice que esta noche tampoco voy a pegar
ojo.

Al día siguiente, me entero de que Aitana,
Nachete y Roci han pillado piojos.

Cuando Manolito me lo cuenta al entrar al cole,
me pongo colorada como un tomate.

Aunque no hace demasiado frío, he llevado a clase
un gorro de lana.

No quería pegarles mis piojos a nadie más.

¡Está claro que es demasiado tarde!

—Qué mala cara tienes, ¿no? —pregunta
Manolito suspicaz.

«Para mala cara, la de tu iguana», pienso para
mis adentros.

No he dormido nada en toda la noche por culpa
de mis malditos piojos y estoy de muy mal humor.

—¿Por qué llevas ese gorro con el calor que hace? —pregunta otra vez, a pesar de que no le he contestado la primera pregunta—. ¡Estás colorada!

A Manolito no le pega hacérselas de detective. Desde la maldita campaña antipiojos está muy pesado...

Veo que Isidro se acerca hacia nosotros con Aitana.

Trago saliva. Esto no me gusta nada.

—¡Ella es la culpable! —dice Isidro señalándome—. ¡Carla es quien te los ha pegado!

Aitana no parece tan enfadada como Isidro. Manolito se toca la barbilla como si fuese Sherlock Holmes mientras me mira.

Estoy atrapada. Tengo que admitir la verdad.

—¡La he pillado varias veces rascándose debajo de la mesa para que nadie la vea! —Isidro no se rinde—. ¡Ella es la piojosa!

Una lágrima caliente y gorda brota de mi ojo.

Y luego otra. Y otra.

No quiero llorar delante de mis compañeros, pero no puedo hacer nada para que no se me escapen las lágrimas.

—¡Ya basta! —protesta Aitana—. ¿No ves que la estás haciendo llorar, bruto?

—Isidro tiene razón —admito en voz baja entre lágrimas—. Tengo piojos.

—¡Lo veis! ¡La culpa es de Carla! —grita Isidro satisfecho como si hubiese marcado un gol.

—¡Vale ya, Isidro!—lo interrumpe Manolito enfadado—. ¡Te estás pasando! Nadie tiene la culpa de tener piojos. Los piojos no distinguen si eres guapo o feo, listo o tonto. Con tener pelo les basta. Tú también los has tenido, no pongas esa cara. No engañas a nadie con eso de tu nuevo peinado a la moda.

Manolito ha conseguido que Isidro se calle.

Bien por Manolito. Me vuelve a caer bien.

—Yo también tuve piojos la semana pasada —reconoce Manolito—, ¡y se los he pegado

a mi madre sin querer! ¡Acaso piensas que ella
es una piojosa, Isidro?

Isidro baja la cabeza avergonzado.

—No, claro que no...—responde mirando
al suelo.

Por fin me decido a hablar:

—Al principio pensé que los piojos eran mis amigos. Creí que podían ser mis nuevas mascotas y me los imaginé cuquis y amorosos.

Isidro, Manolito y Aitana ponen cara de repelús.

—Ya me conocéis: cuando se me mete algo en la cabeza...

»Me equivoqué. No aguanto más los picores y quiero que se vayan. Pero no quiero hacerles daño, ¿lo entendéis? ¡Yo no hago daño a las mascotas!

—Carla, ¡los piojos no son mascotas! —dice Aitana, cogiéndome de la mano.

Isidro se ríe de mí mientras se toca la cabeza con el dedo como si me faltase un tornillo.

De repente, Manolito corre hacia la profesora Blanca, que está vigilando el patio en el recreo.

Ay, madre.

¡Se va a chivar!

Le vemos hablar con nuestra profe y Blanca saca su teléfono móvil.

¿Qué rayos están mirando en la pantalla?

De repente, Manolito coge el teléfono y viene corriendo hacia nosotros.

Cuando llega, me lo enseña.

—Esta es una foto de unos piojos sacada con un microscopio. Míralos bien: ¿a que ya no te parecen tan «cuquis»?

¡Qué horror!

Me da tanto asco que no puedo evitar vomitar el desayuno.

Sin querer, lo hago con tanta puntería que Isidro deja instantáneamente de reírse de mí.

13

De vuelta a casa, le digo a papá que tengo piojos.

Y a Marcos, a quien se los he pasado con su gorro de piscina... aunque aún no me atrevo a confesarlo.

—Todo el mundo puede tener piojos —le digo—. Eso no significa que seas un piojoso: solo tienes que tomar medidas y tratarte.

Le digo a papá que tenemos que comprar de nuevo un champú antipiojos. Explicar que nos lavamos con el champú de Can me va a costar algo más de tiempo, ya que tengo que relatar toda la historia de los piojos desde el principio.

Estoy segura que me costará un buen castigo. Por lo menos un mes sin la *pizza* de los viernes...

Pero, después de todo, el castigo me da lo mismo.

Lo importante es que los picores se van a acabar.

Eso, y que Lechuga y yo volvemos a ser las mejores amigas del mundo mundial.

—Deja de mirarme así —le digo—. La próxima vez te haré caso, lo prometo.

Soy una cabezota, lo reconozco.

¡Cuando se me mete algo en la cabeza es muy difícil sacármelo!